반짝이는

너에게

반짝이는 너에게

초판 1쇄 발행   2022. 8. 28.
　　3쇄 발행   2023. 1. 2.

지은이   조병도
펴낸이   김병호
펴낸곳   주식회사 바른북스

편집진행   김주영
디자인   양헌경

등록   2019년 4월 3일 제2019-000040호
주소   서울시 성동구 연무장5길 9-16, 301호 (성수동2가, 블루스톤타워)
대표전화   070-7857-9719 | **경영지원**   02-3409-9719 | **팩스**   070-7610-9820

•바른북스는 여러분의 다양한 아이디어와 원고 투고를 설레는 마음으로 기다리고 있습니다.

이메일   barunbooks21@naver.com | **원고투고**   barunbooks21@naver.com
홈페이지   www.barunbooks.com | **공식 블로그**   blog.naver.com/barunbooks7
공식 포스트   post.naver.com/barunbooks7 | **페이스북**   facebook.com/barunbooks7

ⓒ 조병도, 2022
ISBN 979-11-6545-846-1 03810

반짝이는 너에게

당신, 나랑 같이
도망치지 않을래?

조병도 시집

바른북스

시
인
의

말

어제 온 비에게

오늘 부는 바람에게

내일 내릴 눈에게

피고 지는 꽃에게

서성이는 별에게

길 잃은 새에게

외로운 이에게

그리운 그대에게

사랑하는 사람에게

이 세상 어느 누군가의

반짝이는 너에게

이 작은 시의 집,

그 문을 열어 드립니다.

잠시 머물며

쉬었다 가소서.

차 례

3부 | 라임오렌지나무가 제제에게

4부 | 나 그리고 세상에게

5 부 | 개구리가 왕자로 보이는 아이에게

1부

반짝이는
너에게

반짝이는 너에게 1

네가 별이라서
밤하늘은 꽃밭이고

네가 꽃이라서
내 마음은 별밭이다.

반짝이는 너에게 2

별이 켜지면
밤하늘이 밝아지고
네가 켜지면
내 마음이 환해진다

깜빡깜빡 반짝반짝
너는 나의 점등인(點燈人).

반짝이는 너에게 3

반짝이는 강물도
반짝이는 눈물도
그 안에는
반짝이는 별이 숨어 있지

내 안에 뜨는 달이
이리 반짝이는 것도
반짝반짝
네 별빛을 받아서란다.

반짝이는 너에게 4

옆구리 쿡 찌르는 햇살에
깔깔대는 개나리에서
목덜미를 더듬는 비의 애무에
웃음 터뜨리는 목련에서
살랑이는 바람 손길에
간지러워 간지러워
몸 비틀며 떨어지는 벚꽃잎에서
나는 너를 듣고 본다
너를 느낀다

차가웠던 내 그늘에
활짝
새봄이 피어난다

어두웠던 내 겨울에
반짝
꽃등이 켜진다.

반짝이는 너에게 5

너는 내 망명정부
너를 알고 난 뒤로 나는
우편번호와
주소가 새로 바뀌었지

별님이 반짝반짝
창마다 등을 켜고
달님이 외등처럼
문밖을 환히 밝히는
하늘에서 가장 가까운
달동네 주민으로…

반짝이는 너에게 6

눈부셔라
방긋방긋 네 안의 꽃들
향기로워라
반짝반짝 네 안의 별들

어제도 내 편지함은
네 숨결로 가득
오늘도 내 우체통은
네 체취로 한가득.

반짝이는 너에게 7

지는 것이
꽃잎과 낙엽뿐이랴
날(日)도 저물고
달(月)도 기울고
해(年)도 이울고 스러진다

그래도 내 안에서
언제나 반짝이며
새로 돋는 건

새봄 같은 너
햇잎 같은 너
샛별 같은 너.

반짝이는 너에게 8

여름날 핀 봉숭아 꽃잎도
네 손톱 위에 앉으면
수줍음보다 더 발그레한 빛깔로
반짝반짝 빛이 난다

어떤 날은 보름달
어떤 날은 반달
어떤 날은 그믐달로 떠
내 마음 비추고 물들인다

그런 어느 날
손톱에서 달이 사라지면
하늘 가득 꽃잎처럼
첫눈이 온다
반짝이며 반짝이며
너의 겨울이 온다.

반짝이는 너에게 9

네 꽃잎은 날려 날려
내 어깨에 앉고
네 별빛은 흘러 흘러
내 눈가에 머문다

방긋방긋 반짝반짝
토닥이며 속삭인다

울지 마, 꽃이 피잖니
괜찮아, 별이 뜨잖아.

반짝이는 너에게 10

열정이 빨강이라면
냉정은 파랑일까?
빨강과 파랑이 만나면
보라가 된다
보라는 그럼
온정일까?

이 냉정과 열정의 세상에서
오늘 밤 나는 보라
그래, 온정이 그립다

반짝반짝 따끈따끈
내 그늘을 밝히고
따끈따끈 반짝반짝
내 응달을 살피는
빛과 볕의 또 다른 이름

너, 보라.

반짝이는 너에게 11

유리구슬을 가져본 아이라면 알지
반짝이는 건
깨지기도 쉽다는 것을

아름다운 건
흠집나기도 쉽다는 것을

내 안에서 반짝반짝
빛나는 사람아

조심조심 가만가만
내가 너를 지켜줄게
가만가만 조심조심
너를 내가 보듬어줄게.

반짝이는 너에게 12

별 달 해 꽃 비 눈 강 산 들 새 놀 봄 섬 둘 낮 밤 시…

아름다운 것들
눈부신 것들은 왜 하나같이
이름이 한 글자인 거지?

그중에서도 유독
가장 아름답고
가장 눈부시게
반짝반짝 빛나는
이 한 글자,
　·
　·
　·

너.

2부

유리
구두에게

유리 구두에게

- 용유도를 떠나며

한 짝 유리 구두처럼
정오의 그 바닷가에 너를 남겨둔 채
서둘러 우리는 그 섬을 떴다
그랬다, 팽개쳐 내버린 채
유리 구두 한 짝마냥
홀로이 너만을…

햇살 아래 너는
얼마나 오래를
반짝이며 반짝이며 서 있었을까
우리들 저마다의 가슴 기슭에
반쯤 굽을 묻은 채
얼마나 많이를 너는
숨죽여 울고만 있었을까

정오가 지나면 말은 생쥐로
그만 마차는 호박으로
변해 버린다는 듯이
아득히 제방 길을 뛰며 걸으며

무도회의 귀가처럼 우리는…

멀리 어느 날
햇살 아래 눈부시게 너는 깨어져
누군가 다가가 물어보리라

너는
진짜로 그렇게나 반짝이고 싶었니?
그렇게나 진짜로 망가지고 싶었니?
작은 한 짝
이 유리 구두야!

첫 키스

너를 보면서
네 눈을 보면서
네 눈 속의 나를 보면서
네 눈 속의 내 눈을 보면서
마주앉아 있었다

그 눈이 점점 커지면서
네 눈 만해지면서
마침내는 안 보이면서…

아아, 사랑해…

깊어지기
혹은
가까워지기.

당신과 나

가끔은 나를
당신이라 부르고 싶을 때가 있습니다

가끔은 당신을
나라 부르고 싶을 때가 있습니다

당신도 가끔은 그러한지요?

도망 중

도망치고 싶다

나에게서 너에게로
이 별에서 저 별로
이승에서 저승으로
지옥에서 낙원으로…

돌아가기 위하여
혹은 다시
돌아오기 위하여…

당신, 나랑 같이
도망치지 않을래?

눈사람

나도 눈사람을 만들고 싶은데
나의 하늘에는
왜 눈이 내리지 않는가
나의 마당에는
왜 눈이 쌓이지 않는가

오늘도 나는
눈사람의 마음으로
눈을 기다린다.

봄눈을 기다리며

비가 와도 울지 못하고
눈이 와도 웃지 못하는 이런 날
겨울눈이 봄비와 만나면
진눈깨비가 되어 내리나요?

그리하여 마침내
햇살 아래 봄눈이 내리면
나도 뭔가를
누군가를 단념할 수 있을까요?
결별할 수 있을까요?

바다와 눈물

바탕색은 파란 바다였다네

그런데 어쩌지,
어느 날 그 위에
눈물 한 방울 떨어져
바다를 순식간에
눈물바다로 만들어버린 거야.

단순한 윤회

흰 부추꽃은 흰 나비의 환생
노란 무꽃은 노란 나비의 환생
빨간 칸나는 어느 나비의 환생일까

빨간 나비를 나는 본 적이 있다
술잔에 묻은 네 입술 자국
내 입술을 대려 하면
날아가 버릴 것만 같던…

술잔은 깨어지고
그리하여 너는 날아가 버렸는가

흰 부추꽃
다시 흰 나비로 환생하고
노란 무꽃
다시 노란 나비로 환생해도
빨간 칸나
다시 돌아올 줄을 모른다

나를 떠난 네 입술

빨간 나비로

다시 환생할 줄을 모른다.

부치지 못한 편지

슬픔이 슬픔으로 치유되듯이
기쁨은 기쁨으로 감염됩니다

정든 슬픔 낯선 기쁨
정든 눈물 낯선 웃음
슬픔의 치유자와
기쁨의 감염자
나는 그 경계선 밖에 서 있습니다

낯선 슬픔 정든 기쁨
낯선 눈물 정든 웃음
기쁨의 감염자와
슬픔의 치유자
그대는 그 경계선 안에 서 있습니다

[추신]
서울에 첫눈이 내렸다지요?
그러나 내가 보지 못한 눈은
첫눈이 아닙니다

그대와 함께 맞지 못한 눈은

첫눈이 아닙니다

그대는 그렇지 아니한지요?

어떤 연쇄 반응

그녀는 나를 모른다
나는 그녀를 모른다
해는 달을 모른다
달은 해를 모른다
해바라기는 달맞이꽃을 모른다
달맞이꽃은 해바라기를 모른다
서른 살은 마흔 살을 모른다
마흔 살은 서른 살을 모른다

그녀가 불을 끈다
나는 어두워진다
해가 불을 끈다
달은 차가워진다
해바라기가 불을 끈다
달맞이꽃은 밝아진다
서른 살이 불을 끈다
마흔 살은 뜨거워진다.

안부를 묻다

어제 내린 비
오늘은 바다로 가고 있다

어제 불던 바람
오늘은 내 귓바퀴 안에 머물러 있다

어제의 물고기
어제의 새
어제의 꽃
어제의 별

너희들, 오늘도 안녕한가

나는 우체통에
그대 주소를 지운
편지 한 통을 넣는다.

느린 우체통에 부친 엽서

남도의 어느 섬
소금창고 안에서 만난
느린 우체통이 내 발목을 붙든다

SNS를 통하면
지구의 이편에서
지구의 저편까지
눈 깜짝할 사이에
편지가 전달되는 세상인데
여기에 편지를 써넣으면
꼭 1년 뒤 수신인에게 배달된단다

이 섬에서 서울까지는
그래 봤자 수백 킬로미터
느린 우체통 우체부는
거북인가 굼벵인가

사랑에도 유통기한
유효기간이 존재한다던데

오늘의 이 마음이
1년 뒤에도 그대로일까

나는 엽서에 이렇게
다섯 줄을 적어
느린 우체통에 넣는다

엽서라서,
남이 볼까 봐,
사랑한다는 말은,
차마,
못 쓰겠어요.

내 사랑에는 유통기한
유효기간이 없다
고백하는 데만도
유예기간이 1년이다.

완성과 미완성

한 장의 편지를 완성하기 위하여
내게는 미완의 사랑이 필요합니다

하나의 사랑을 완성하기 위하여
내게는 미완의 편지가 필요합니다

한 여자를
온전히 잊기 위하여
아니,
영원히 사랑하기 위하여…

나는 지나간다

마음보다
몸이 먼저 친해져
가슴 한 기슭이 허물어지는 날에는
기차를 타고
4월의 목련을 보러 가자
잎이 돋아나기도 전에
꽃을 먼저 피우는
너는 어느 조바심의 화신이기에…

꽃이 진다
잎이 피고… 또,,, 진다

내 몸이여
마음은 어디 두고
너 혼자 그리웁느냐
너 혼자 차가웁느냐

그리하여 너 혼자
이리도 못 견디게 외로웁느냐.

무거움과 무너짐

가벼운 것들은 안다
무너지기 전에,
무너진다는 걸…

무거운 것들은 모른다
무너지면서도,
무너진다는 걸…

내 안의 모래들이여
뼛가루들이여
핏방울, 눈물방울들이여

나는, 너희는
언제 시나브로 무너져 내리는가

지금 이 순간에도
추락은
파멸은
붕괴는 가볍게

또 순조로이

진행되고 있는가.

조바심

끝은 언제나 조바심을 수반한다

플라타너스 잎새 끝의 빗방울◆
플라스틱 대롱 끝의 비눗방울
처마 끝의 고드름,
그 끝의 수정방울
내 눈썹 끝의 땀방울
네 눈길 끝의 눈물방울
날 선 네 편지에 베인
내 손가락 끝의 핏방울…

우리는 이렇게 이별해야 하느냐

가벼운 것들은 비상하고
무거운 것들은 추락한다

아니,
무거운 것들은
가벼워 비상하고

가벼운 것들은

무거워 추락한다.

◆ 천양희 시인 시 「비 오는 날」 중 "플라타너스 잎새 끝의 빗방
울 / 나는 조바심을 한다"에서 인용.

해빙

– 두물머리에서

해빙의 순간은 차갑다[◆]

북한강과 남한강이 만나
결빙으로 한 몸을 이룬 두물머리
그 두텁던 눈(雪)의 모포는
햇살의 부드러운 손길에
얇은 담요로 바뀌더니
홑이불보다도 가벼워져
바람에 날려가버린다

우리는 끝내 헤어져야 하는가

밤에는 결빙
낮에는 해빙이다
햇빛이 녹인 얼음을
달빛과 별빛이 다시 얼리는 일이
몇 날 며칠을 두고 반복된다

그런 어떤 날 밤

얼음장들은 헤어진다
마침내 작별의 순간이 온다
강은 쩡쩡, 쩌렁쩌렁
밤을 새워 목놓아 운다

봄비는 왜 또 강물에 눈물을 보태는가
이렇게 겨울이 지나간다.

◆ 정호승 시인 시 「결빙」 중 "결빙의 순간은 뜨겁다" 패러디.

굿바이, 흘러가는 것들

그래, 흐르는 것이 어디
물뿐이겠는가
바람도 구름도 세월도
강물에 잠긴 달도
하늘의 새들도
잠든 혹은 깨어 있는 별들도
뒤척이고 뒤척이며
흘러 흘러 흘러간다

너를 태운 기차도
길게 허리 앓으며 흘러가고
술잔도 술병도 입술도
내 마음속 네 마음도
내 눈물 속 네 얼굴
네 눈길 속 내 눈물도
하염없이
정처 없이 흘러만 간다

추억이여

너도 기어이 흘러가느냐?

사랑,

마침내는 너마저…!

너의 죽음

네 방을 두드리면
텅텅,
그런 소리가 났다

내 가슴을 치면
똑똑똑,
이런 소리가 났다

별 켜진 아스팔트
별 꺼질 때까지
바람을 안고 걷다가
무거워지면
등에 업고 걸었다

길은 꼭 건널목으로만 건넜고
좌측통행을 애써 지켰다

경아!

3부

라임오렌지나무가
제제에게

라임오렌지나무가 제제*에게

햇볕이 따스한 건
삶이 종종 춥기 때문이고
햇살이 눈부신 건
때로 세상이 어두워서일 거야

비도 바람도 마찬가지지
다 이유가 있어
때론 이리도 사납게
때론 저리도 상냥하게
내리거나 부는 거란다

나의 제제야,
울지 말고
떨지 말고 내게로 오렴
내가 너의 친구가 되어줄게
너의 작은 그늘
작은 우산
작은 바람막이가 되어줄게.

◆ J.M. 바스콘셀로스 소설 『나의 라임오렌지나무』의 주인공 소년 이름.

무지개

나도 한때는
무지개를 가진 적이 있다
오래전 일이다

그 무지개,
지금도 가끔은 뜨는가 몰라

어린이는 어른의 아버지◆

술에 취해 귀가한 나는
잠든 딸에게
잠든 내 아들에게
아빠, 혹은 아버지,
혹은 병도야, 라고
가만히
나지막이 불러본다

어머니, 이렇게
또 하루를 보냅니다…

◆ "어린이는 어른의 아버지"(The child is father of the man) : 윌리엄 워즈워스의 시 「무지개」에서.

4계의 비

봄비는
내 안의 강물 위로
내린다

여름비는
내 안의 네 벗은 발등 위로
내린다

가을비는
내 안의 모닥불 위로
내린다

겨울비는
내 안의 네 젖은 눈썹 위로
내린다.

나무와 새

새들의 꿈에서
나무 냄새가 난다면◆
나무들의 꿈에서는
새 냄새가 날까?

네가 그리운 날
나도 네 둥지에 깃들어
네 꿈을 꾼단다

그런 날
네 꿈에서도
내 냄새가 나니?

◆ 마종기 시인 시집 제목 『새들의 꿈에서는 나무 냄새가 난다』
인용.

풍금새는 숲을 떠나지 않는다

풍금새는 태어난 숲
한 번 머문 숲을
죽는 날까지 떠나지 않는다
둥지가 곧 무덤이다

한순간 내 안에 머물렀던
어떤 풍금 소리도
그 풍금의 존재와는 무관하게
내 가슴 기슭을 떠나지 않는다

거기엔 풍금새의 부리가
풍금새의 날개가
팔분음표
십육분음표마냥
깃들어 있기 때문이다.

가끔은 신문이 오지 않는 날이 있다◆

초경을 한 날은
신문이 오지 않았다
다만 앞뜰의 칸나만이
소낙비 속에서 수줍게 웃고 있었다

초록색 스커트를 입고
나도 칸나처럼 오래 뜰에 서 있었다
내 몸이 젖고 또 마를 때까지…

칸나꽃도 진 가을이면
그 소년 낙엽을 주워
내게 시집이라도 만들어 줄까?
오늘처럼 신문이 오지 않는 어떤 날.

◆ 오규원 시인 시 「칸나」에서 "칸나가 처음 꽃이 핀 날은 신문
  이 오지 않았다" 인용.

훔친 사과, 훔친 장미

사과라는 말
장미라는 말이
훔치다란 말과 관계를 맺을 때
주머니는 사과로 불룩해진다
꽃병은 장미로 가득 찬다

훔친 사과는 더 맛있고
훔친 장미는 더 아름답다

과수원과 정원에는
울타리가 없다
신 포도나무 밑에는
여우가 있고
사과나무 아래에는
뉴턴이 있다
장미 가시 끝에는
릴케가 있다.

어떤 꽃을 위한 변명

– 바람이 쓰고 햇살이 읽다

세상에는

시들면서 싱싱해지는 꽃들이 있다

죽어가면서 살아나는 꽃들이 있다

애써 호명하지 않아도

너 역시도 이름을 알고 있는 꽃들…

그런 꽃들은

잎들의 아버지다

그런 꽃들은

열매들의 어머니다

세상에는,,,

늙어가면서 젊어지는 사랑도 있다.◆

◆ 정호승 시인 시 「산수유에게」 중 "늙어간다고 사랑도 늙겠느
냐" 변용.

서성이는 별들

너도 나처럼 나그네라면
한사코 서성이며 살아왔겠지?
슈퍼마켓에서도 머뭇머뭇 길을 잃는데◆
어쩌자고 서성이지 않을 수 있겠니
어둠 속에서 우리 길 잃고 서성이다가
눈먼 새와 눈먼 새가 부딪히듯이
네 입술과 내 입술이 마주친다면
꽃 내음이 날까?

이 세상 귀퉁이 어디에선가
꽃잎 몇 장 피어날까?

그럴 때 너 저기 밤하늘을 보아라
별들도 저리 하염없이 서성이잖니.

◆ 이남희 소설집 제목 『슈퍼마켓에서 길을 잃다』 차용.

내 손바닥 위의 물새 발자국

내 손바닥 위에
물새 발자국을 찍고 간
여자가 있었지

내 손을
그대 귀에 대어 볼게요

어때요, 들리나요?
물새 울음소리

그대 가슴에도 문신처럼
물새 발자국을 찍어 드릴까요?

누구라도 그대가 되어 *

오늘 새벽 바다로
그물을 걷으러 나갔더니
지난 밤 날려 보낸
내 슬픔의 새떼들이
웬일로 모두 물고기가 되어
지느러미를 파닥이고 있었습니다

내가 보낸 물고기들로
그대의 우편함을
가득 채우고 싶어지는
가을
그래요, 가을입니다.

◆ 고은 시인 시 「가을 편지」 중 "누구라도 그대가 되어" 차용.

새벽처럼 왔다가 저녁처럼 가는

새벽처럼 왔다가

저녁처럼 갑니다

내게 사랑은

혁명은

피었다 지는 어떤 꽃은…

내게 세상은

욕정은

탐욕은

열망은

삶으로의 의욕은…

지금은 해 질 무렵

그런데 왜 또 저기쯤

새벽이 동터 오르려는 걸까요?

그대, 거침없는 사랑.♦

♦ 김용택 시인 시집 제목 『그대, 거침없는 사랑』 차용.

아름다운 것들은 어떤 때

그랬구나, 아침마다
저리도 아름답게 피어나려고
꽃들은 밤새 그렇게나 아픈 거였구나

저리도 아름답게 노래하려고
밤새 새들은 그렇게나 슬픈 거였구나

아름다운 것들에게선 왜 어떤 때
옅은 피 냄새가 맡아지는 걸까

어찌하여 어떤 때
여린 눈물 자국이 느껴지는 걸까

그대, 불면의 사랑.

네 핏자국, 네 발자국

가슴에 박힌 못도
세월 지나며 녹이 슬고
마음 흔들던 바람도
먼지 앉히고 지나갔는데
그 못 위엔 왜 네 핏자국이 있느냐
그 먼지 위엔 왜 네 발자국이 있느냐

그대, 지울 수 없는 사랑.

후천성 그리움*, 그 처방전

외롭고
또 누군가가 그리운 날엔
거울을 보라
거울 속 사람을 향해
찡긋, 윙크를 하라
내가 왼눈이면 그는 오른눈
내가 오른눈이면 그는 왼눈
옳아, 그렇다면 거울 속 그를
내 품에 안으리라
그를 안으면
우리 심장은 왼쪽 가슴에서 포개질까

내리치는 번개의 갈라진 틈 사이로
나의 새들이 날아간다
그의 별들이 쏟아진다.

◆ 함민복 시인 시 제목 「선천성 그리움」 차용.

아무도 울지 않는 밤은 없다◆

사람들은 누구나 자기도 모르게
밤마다 울음을 우는지도 모릅니다
잠에서 깬 아침에는 혹은 새벽에는
목소리들이 조금씩 쉬어 있는 걸 보면…

지난밤엔 또 누가 내 집
그리고 그대 집 창밖에서
밤새 홀로 숨죽여 울다가 갔을까요

아무도 울지 않는 밤
아무도 아프지 않은 밤은
세상에 없습니다.

◆ 이면우 시인 시집 제목 차용.

헤어지는 연습

꽃나무가 섰던 자리*를
바라보는 일과
풍금이 앉았던 자리를
바라보는 일 사이에
아픔과 그리움이 가로놓여 있다
뽑힌 꽃나무는
아주 죽은 게 아니고
치워진 풍금도
아주 사라진 게 아니다
꽃 이름도
풍금에서 울려 퍼지던 노랫가락도
지금은 아련해져 잘 기억나지 않지만
잔상들,
그 아픔 그리고 그리움과의
장례 혹은 결별이
우린 때로 두려운가 보다
꽃나무와 풍금 또한
때론 그럴까

이 새벽

네가 그리워 나는 아프다

너도 조금은 그랬으면…

◆ 장석남 시인 시 「왼쪽 가슴 아래께에 온 통증」 중 "꽃나무가 있던 자리" 인용.

사랑은 어떻게 가는가 *

놓친 기차처럼
지나가지는 않는다
사랑은 차마 타지 못한 기차를
애써 떠나보내고
개찰구를 나와 대합실 난로 속에
차표를 찢어 넣을 때
비로소 지나간다

전화를 받지 않을 때
사랑은 지나간다
공중전화 부스 안에서
전화 오기를 기다릴 때
사랑은 비로소
나를 스쳐 지나간다

지나간 것들은
다시 오지 않는가
어제의 철새들
오늘 다시 돌아오는데

날개를 다쳤는가, 내 사랑아

너는 감감무소식이구나

가물가물 무소식이구나.

◆ 이원규 시인 시 제목 「사랑은 어떻게 오는가」 변용.

흙사람

하느님!
태초에 당신께서 삼라만상을 지으실 때
흙의 살점을 뜯어 사람을 빚으셨기에
우린 이토록 쥐어뜯겨야 합니까?
물로 빚으시지 그랬어요
뜯겨도 이내 아무는 물로…

흙을 으깨어 사람을 지으셨다손
이리도 짓밟힐 수가 있나요?
햇살로 우릴 지으시지 그랬어요
짓밟을 수 없는 햇살로…

발도 날개도 없는
흙을 주물러 만드신 까닭에
우린 한곳에 이렇게나 오래
머물러 있어야만 하는가요?
바람으로 우릴 만드시지 그랬어요
늘 떠나는 바람으로 말이에요

혹시라도 하느님
이 절망의 행성에
어느 날 구원처럼
어느 날 복음처럼 종말이 다가와
천지창조를 새로 해야 한다면
다시 짓는 이 지구별에
흙으롤랑 부디 우릴
빚지 말아 주세요

먼저 물을
햇살을
바람을 지으시고
연후에 그 물로
그 햇살과 바람으로
우릴 섞어 빚어 주세요
네, 하느님!

4부

나 그리고
세상에게

쉬인 조병도

시는 무슨 시
그저 같잖은 혼성모방
패러디
흉내내기일 뿐이지

굳이 이름하자면 '쉬'다

왜 엄마들이 기저귀를 뗄 무렵
이때쯤이다 싶으면
아이의 양 다리를 붙잡고 앉아
쉬~~ 하면서 배변 연습을 시키지 않는가
그러면 가랑이 사이로 쫄쫄쫄…

고로 나는 '쉬人'이다

하지만 가끔은 나도 기저귀를 떼고
팬티를 입고 싶을 때가 있다
팬티를 내리고 세상을 향해
시원하게 내지르고 싶어질 때가 더러 있다

그러나… 시가, 어디 그리, 쉬~~응가?

누군가에게 나도

곳곳에 책장이 접혀 있고
책갈피가 끼워진
시집을 낸 시인은 행복하리라
군데군데 눈물 자국과
밑줄이 그어진
책을 가진 작가도…

나도 누군가에게
그런 존재이고 싶다
그 사람 마음에
포개어 접혀지고
또 끼워지고 싶다
그 사람 가슴에
한두 방울 눈물로 스미고 번지며
아프지 않게
밑줄로 그어지고 싶다

이런 아침
밥을 국에 말아

너 한 입 나 한 입

한 숟가락으로 떠먹을

그런 사람 하나

있었으면 좋겠다.

미린과 애린

– 두 여자의 집, 두 갈래의 길

내가 만약

두 자매를 동시에 사랑하는

한 남자 이야기를 소설로 쓴다면

그녀들에게

미린(美潾)과 애린(愛潾)

그래, 그런 이름들을 지어줄 테야

미린과 결혼해서 딸을 낳으면

애린이란 이름을 그 애한테 주고

애린과 결혼해서 딸을 낳으면

미린이란 이름을 그 애한테 줄 테야

애린이 아름다운 건

미린이 그리운 까닭이고

미린이 사랑스러운 건

애린이 그리운 때문이지

나는

내 소설 속 그 남자에게

어느 겨울밤

미린이든 애린이든

어린 딸을 무릎 위에 앉히고

잠들기 전

로버트 프로스트의 시

「가지 않은 길」을

나직나직 낮은 음계로

읽어주게 할 테야

창밖에는 하염없이

온음표

온쉼표로 눈이 내리고

애린이든 미린이든

아내는

읽던 시집을 덮은 채

저 가깝고도 먼 방에서

세상모르고 잠든

한겨울 깊은 밤

난롯가에서…

개그 콘서트 풍의 사랑학 개론

인생은 예습할 수 없다
늘 복습이다
사랑도 예습할 수 없다
언제나 복습이다

우리는, 나는 지진아다
똑같은 실수를 되풀이한다

예외는 있다,
천재들.
헤밍웨이는 마치
자기 작품의 예행연습을 하듯이
세상을 살다 갔다

상처는 상처로
위로될 수밖에 없다
보아라, 그리하여 영화 〈몬스터볼〉에서
할리 베리도 남편의 사형 집행인과
처절한 섹스를 나누지 않더냐

그러나

개그는 개그일 뿐 따라 하지 말자◆

상처는 상처일 뿐 치유하지 말자

사랑의 상처에는

마데카솔 연고가 없나니…

◆ 개그맨 박준형이 〈개그 콘서트〉에서 히트시킨 유행어.

습작기

고무 달린 연필로 시를 썼는데
심보다 늘 지우개가 먼저 닳았다

가슴에는 거미 한 마리 살아
촘촘히 그물을 짜고…
구멍 난 거미줄
찢긴 그물에는 그러나
가느다란 햇살과
여린 바람의 잔해만이 걸려 있었다

그러다가 어느 순간
느닷없이 비상하려 하는
영감의 새떼를 잡아 가두느라
연필심은 참 많이도 분질러졌다.

불씨는 불의 기억을 갖고 있다

건드리지 마, 내 상처
아직 불씨가 숨어 있다구
반딧불이처럼 날아올라
네 상처의 불씨에 옮겨붙을지도 모른다구

나는 오늘도 애써 너를 외면한다
여기가 전환점이다
혹은 출발점일까?

너는 모르리

아프니?
누가 나의 병에게 물어 주었으면…
슬프니?
누가 나의 눈물에게 물어 주었으면…

아니, 아니, 아아니…!
도리도리하며
그렇게 말하고 싶은 내 마음

너는 아니?

너 몰래 흐르는 눈물◆

나와 너, 우리 모두
아픈 사람들

내 눈물 속에는
네 눈물이 산다
네 눈물 속에도
내 눈물이 사니?

나는 지금
너 몰래 내 눈물을 흘린다
너 몰래 네 눈물을 흘린다
손등에 내 눈물을 적셔
네 눈물을 훔친다

너도 지금 울고 있니?
그 눈물 속에
내 눈물도 흐르고 있니?

◆ 도니제티의 오페라 아리아 「남 몰래 흐르는 눈물」 차용.

지나가라, 날들이여

날들이여, 지나가라
무료하고 무료하고 무료하고 무료하여
마침내는 무력해지는
날들이여, 지나가라

심심하고 심심하고 심심하고 심심하여
마침내는 심약해지는
날들이여, 지나가라

머릿수를 헤아릴 양 몇 마리 갖지 못한
이 무료하고 심심한 불면의 날들이여
햇살 아래 장례를 지내줄 테니
바람아, 나의 날들을 데리고 지나가라.

침묵의 집

내 뜨락의 나뭇잎들을
어루만져다오, 바람아
내 정원의 새들에게
모이를 다오, 햇살아

바람도 오지 않고
빛도 별도 방문하지 않는
담벼락과 차양뿐인 집에서
나 이렇게
말과 웃음을 잃어가고 있다, 사랑아.

생각의 절벽

절벽 아래서
무릎 꿇어본 사람이면 알지
아득하다는 게
절망의 또 다른 이름임을…

절벽 위에서
무릎 세워본 사람이면 알지
아득하다는 게
희망의 또 다른 이름임을…

절벽, 캄캄한, 까마득한…

어제 한 여자
절벽 아래로 몸을 날렸다
어제 한 남자
절벽 위에서 등을 돌렸다

이는
절망의 비상인가

희망의 낙하인가

누구나 마음 기슭에
생각의 절벽을 갖고 있다
절망과 희망
혹은
끝과 시작의 이름으로…

어제 이런 꿈을 꾸었다

비 내리는 저물녘
한 여자가 죽었다

그 주검 위로 라디오가 내린다
그 주검 위로 우체국이 내린다
그 주검 위로 피아노가 내린다

비 내리는 저물녘
한 남자가 살아난다.

텅 빈 책장

그 여자, 시 속에 잠겨 있었네
그 여자, 시집 속에 묻혀 있었네◆

이상하네, 시가 점점 녹아드네
이상하네, 시집이 점점 작아지네

그 여자, 시가 되네
시, 그 여자가 되네
그 여자, 시집이 되네
시집, 그 여자가 되네

저것 봐! 그 여자도
시도
시집도 사라져 버리네

텅 빈 책장.

◆ 이성복 시인 시 「남해 금산」 중 "한 여자 돌 속에 묻혀 있었
네" 인용.

램프의 심지를 돋우며

길의 끝에는
언제나 램프가 있다
나는 왜 늘 길 끝에서만 서성이는가
오늘도 나는 램프의 심지를 돋운다
길 끝에서는
아무도 잠들지 못한다

자, 다시 시작이다
내일은 길을 나서리라

아침이 와도
램프를 끄지 못하는 사람이 있다
나는 너무 많이 그을렸다.

무우수(無憂樹) 아래 석가모니

무우수 아래 석가모니
고통 없이 낳으실 때, 어머니!
우수수수…
무우수 잎은 근심 없이
지고 있었나요?
무우수 열매는
우수수수…
또 그렇게 하염없이
지고 있었나요?

이 고통과 근심의 세상에서…

화살표의 세상

뭣 꼴리는 대로
오롯이 내 방식대로만 살아왔다고
자신 있게 말할 수 있는 자 누구인가
지나고 나서 돌아보면
등 뒤에는 늘
무수한 화살표들이 이어져 있었다

화살표여
나를 어디로 데려가시려나이까?
고슴도치처럼
수많은 화살 등에 꽂고
나는 화살표가 가리키는 방향을 바라본다

인생이란 이리 살기 쉬운 것인가?
아니, 이리 지독히도 살기 어려운 것인가?

항생제를 촉에 묻힌 화살이지만
애써 아물린 상처를 헤집으며
시시때때로 피 흘리는 과녁의 뒤편…

가슴이 아프다

너는 그렇지 아니한가.

어떤 좌우명

세상을 똑바로
살아보지 않았다면[♦]
세상을 비스듬히
살아볼 일이다
세상을 똑바로
살아보기 위하여.

♦ 김윤배 시인 시 「세상을 비스듬히 살아보지 않았다면」의 패
러디.

어떤 묘비명

돌이켜보면 나는

사소한 부표(浮標)도 없이

그저 부초(浮草)처럼

부표(浮漂)하며 떠돌았노라

그렇다고 내 인생에

함부로 부표(否票)를 던지진 말거라.

식도암(食道癌, 食道菴)을 떠나며

- 하안거 15일째(2018년 8월 어느 날)

병도 선사,
잠시 술잔을 멀리한 채
마음을 비우려고
도심 속 암자 식도암으로
수행을 떠났노라
식도암에 들어서며 절 이름을 보니
현판에 이렇게 적혀 있었노라

- 아뿔寺!

그런데 웬걸
열닷새 짧은 하안거를 마치고
환속하며 뒤돌아보니
사찰 현판이 이렇게 바뀌어 있었노라

- 감寺!

오호라, 내가 머물렀던 절 이름은
아뿔사인 줄 알았는데

사실은 감사였노라

감사의 주지이신 삼성 스님이
음주와 역류를 경계하라니
앞으로는 절대로
술 마시고 물구나무선 채
귀가하지 않으리라
술잔은 멀리, 술병은 가까이!
마시는 재미는 실컷 보았으니
이제부터는 따르는 재미로
살아가겠노라
안주로는 몸에 좋다는
전복(全鰒)을 먹으며
내 마음을 전복(顚覆)시키리라

흰 눈이 하얗게♦ 내린 날
그리운 사람을 그리워하♦♦며
삶을, 사람을 사랑하며
살아가리라

숨이 붙어 있는 동안은
늘 하안거
동안거를 하는 정신으로
살아가리라

속세로 돌아가기 전날 밤
감사의 식도암 해우소에서
마지막 똥을 싸며
손가락을 달빛에 적셔
벽에 몇 자 적었노라, 이렇게

- 메멘토 모리 &
카르페 디엠~~

그 무렵 속세의 극장에서는
영화 〈변산〉과 〈맘마미아 2〉가
상영 중이었으니
병도 선사,
특유의 언어유희 솜씨를

한껏 발휘해
보지도 않은 영화 리뷰를
또 이렇게 몇 줄 적었노라

－ 하얀거 마지막 날
손가락을 오줌에 적셔
내가 퍼지른 똥 위에
이렇게 쓰노라

"변산"

이는 중생에게 내리는
내 마지막 맘마니라

"맘마미아"

◆ 조동진 노래 제목 「흰 눈이 하얗게」 차용.
◆◆ 서정주 시인 시 「푸르른 날」 중 "그리운 사람을 그리워하자"
    인용.

5부

개구리가 왕자로
보이는 아이에게

콩알 다섯 개

완두콩 껍질 속에 다섯 개의 콩알이 살았습니다
어느 날 한 소년이 고무줄로 만든 새총에
돌 대신 콩알을 장전했습니다
그러고는 하늘을 향해 날렸습니다

첫 번째 콩알은
새의 모이가 되었습니다
두 번째 콩알은
강 건너 밭이랑에 씨앗으로 심어졌습니다
세 번째 콩알은
예쁜 소녀의 공깃돌로 쓰였습니다
네 번째 콩알은
어느 아가씨의 무심한 하이힐 뒤축에 압사당했습니다
다섯 번째 콩알은
다른 소년의 새총에 장전되어
다시 어디론가 여행을 떠났습니다

당신이 만약 콩알이라면
어떤 콩알이고 싶나요?

죽은 고양이를 애도함

꽁냥꽁냥 상냥하지도 않았던 아이

그냥저냥 소꿉장냥하는 재미도 없었던 아이

눈동냥 귀동냥에도 어두웠던 아이

마냥 게으르고 하냥 서툴렀던 아이

제 깜냥으론 생쥐사냥도 못했던 아이

가끔은 이게 모냥? 왜 이러냥?

비아냥거리고도 싶었던 아이

그러나 왼쪽 눈엔 성냥 한 개비의 밝음과

오른쪽 눈엔 성냥 한 개비의 따스함이 빛났던 아이

그리하여 천만 냥을 준대도

바꾸기 싫었던 아이

그 아이 냥이를 애도하고 추억하며…

바람 선생님의 학교

1교시 : 체육 시간

슬리퍼를 벗고

바람 선생님은 운동화로 갈아신는다

호루라기를 길게 분다

하낫둘 하낫둘

제식훈련하는 개미들

바람 선생님 발길에 툭 채여

쓰러지는 쓰레기통

공중제비 넘으며 굴러가는

그 안의 휴지들

빨랫줄 위에서

물구나무서는 옷가지들

나뭇잎들,

연못 위로 다이빙한다.

2교시 : 미술 시간

누가 물감통을 엎질렀나
파란 도화지가 펼쳐진 하늘에
바람 선생님은 익숙한 가위질로
빨간 색종이를 동그랗게 오려 붙인다
제트기 연대가
오색 물감 색색으로 수놓으며
파란 도화지 위를
붓질하며 날아간다
설치 미술인가, 조형 예술인가
흰 구름들, 레고 블록처럼
시시각각 크기와 모양을 바꾸며
이합집산하듯
이리저리 자리를 옮겨 앉는다.

3교시 : 음악 시간

다섯 개의 전선이 가로지른
하늘은 푸른 오선지
바람 선생님이 그 길고
가느다란 손가락으로
기타를 뜯듯
팡팡
전깃줄을 튕기면
제비들 연미복은 햇살 아래 빛나고
자리를 옮겨 앉던 참새들은
사분음표 팔분음표
십육분음표마냥
줄지어 하늘로 날아오른다
그러고는 온쉼표.

날개 달린 무덤

나비가 있어
모든 죽음은 외롭지 않다

우리 어머니도 그러셨지
어느 날 나비가 되어
아버지 무덤 속으로 날아가셨지

그래서인 것이다
세상의 모든 무덤들이
저마다 날개를 달고 있는 것은…

별 켜진 밤이면
저마다 날갯짓하며
저렇게 허공중에 떠 있는 것은…

봤니? 못 봤지?

바다 끝까지 가본 적 있니?
흰 고래와 손 맞잡고 헤엄쳐 가보면
눈앞에 땅이 보인대드라
숲이 있고 들이 있는 땅이 보인대드라
봤니? 못 봤지?

땅끝까지 가본 적 있니?
두더지 꼬리에 끈을 매어서
그 끈을 붙들고 따라가 보면
머리 위에 하늘이 보인대드라
또 하나의 하늘이 보인대드라
봤니? 못 봤지?

하늘 끝까지 올라가 봤니?
잠자리 여러 마리를 실에 매달아
그 실을 붙잡고 날아가 보면
가도 가도 하늘만 보인대드라
바다 같은 하늘만 보인대드라
봤니? 못 봤지?

봤니? 봤니? 봤니?

못 봤지? 못 봤지? 못 봤지?

모든 별들은 음악 소리를 낸다*

– 천상병 시인에게

고향이 하늘이신
그대, 왕관을 쓰신 이여
타향인 이 지상에선
남루한 누더기를 걸치고 살았으나
머리에는 금빛 왕관을 쓰고 계셨군요
가슴에는 진실의 옷을 입고
팔에는 천사의 날개를 달고 계셨군요

그리하여
시가 이리도 빛나는 거였군요
하찮은 모래들이
사금이 되고
마침내는 순금이 되는 거였군요
별들은 또 그리도 찬연히
반짝이는 거였군요
서로 어깨가 닿을락 말락
작은 날개를 팔락이며
잘그랑잘그랑, 시그랑시그랑
저마다 고요히

음악 소리를 내는 거였군요

아름다운 이 세상
소풍 끝내♦♦고 돌아가신
머나먼 듯 저리도 가까운
그대 하늘나라 귀성길에서…

♦ 윤후명 소설 제목 『모든 별들은 음악 소리를 낸다』에서 차용.
♦♦ 천상병 시 「귀천」 중 "아름다운 이 세상 소풍 끝내는 날"에
  서 인용.

식물성 사랑 고백

나는… 당신이… 좋아요…
당신을… 추앙해요…

수줍은, 식물성 고백입니다

분꽃이 별님에게
달맞이꽃이 달님에게
나팔꽃이 해님에게
그리하듯이…

약속

네가 내 손톱 깎고
내가 네 손톱 깎고
- 생채기 내기 없기

내 눈 속에 너만 살고
네 눈 속에 나만 살고
- 곁눈질하기 없기

옷자락 보이고
머리카락 보이고
- 꼭꼭 숨기 없기

네 일기 내가 쓰고
내 일기 네가 쓰고
- 마음 감추기 없기.

내 안의 앵무새

바람 가볍게 불어
마음 살랑이던 어느 날
버들잎 하나 내 입 속으로
미끄러지듯
날려 들어왔다네

이를 어쩌나
그 버들잎 점점 자라
어느새 앵무새가 돼버린 거야

이 앵무새
혀가 참 가늘고 기다랗기도 하지

누가 제발
내 안의 저 앵무새를 좀 꺼내주세요

가만,
펜치를 어디다 두었더라?

태풍의 계절에

일기예보로는
초특급 태풍이 천군만마처럼
한반도를 향해 질주해 온단다

그래, 좋다
태풍의 눈 그 한복판에서
마구마구 소용돌이치며
깨끗이 나를 씻어내고 비워내리라

태풍아, 어서 와
나를 마시고 삼켜라!
내 마음, 한 잎 풀잎에 기대어
두근두근 조마조마
이리도 설레며 너를 기다린다.

잘못 핀 꽃

꽃이 아니거든 피지나 말 것을
나는 어쩌자고
폭풍우 속에 핀 비닐우산처럼
갈팡질팡하다가
바람한테 '아이스께끼'나 당하고 마는가.

몸 말리기

이왕 젖은 몸은
이왕 버린 몸과는
구별해서 쓰여져야 한다
이왕 버린 몸은
마음도 어쩌지 못해
다시 버려지지만
이왕 젖은 몸은
마음의 해가 말려준다

어제 젖은 강물이
오늘은 비의 외투를 벗고
태양의 속옷으로 갈아입듯이…

그리운 날

열차가 흔들리는 건
누군가를 내가 애써
간신히
그리워하지 않음이겠지요?

마음이 마구마구
흔들리는 날에는,
누군가가 사무치게
보고픈 날에는,
빗발치고 눈발 날리도록
그리운 날에는
열차를 타러 가야겠어요
티켓에는 없는
석양으로 가는 열차.

진흙소를 타고 진흙별에서

진흙소를 타고 진흙별을 산책하는

나는 진흙인형인가요?

북상하는 새떼들에게로 합류하면

별에게로의 망명이 나도 가능한가요?

진흙뼈가 마르면

나는 부서져 내리나요?

그 위에 비 내리면

나는 다시 진흙으로 돌아가나요?

나도 보이지 않는 나라를 동경하고 편애합니다◆

그 나라의 시민으로 살고 싶어요

이 진흙별에서는

그 나라의 별빛, 비록 아스라이도 멀지만…

◆ 장석남 시인 시 「진흙별에서」 중 "나는 안 보이는 나라를 편애하는 것이 틀림없어"에서 인용.

여름 전쟁

누가 벌집을 건드렸나
벌떼가 왱왱 사이렌을 울리며 지나간 뒤
호박잎사귀 가장자리에 청개구리 한 마리
부모를 잃었는지 목놓아 울고 있다

장갑차처럼 진주해 온 구름의 군단
괴성을 지르며 번쩍번쩍 하늘을 찢어발긴다
기총소사하듯 빗발치는 소나기
수류탄 파편처럼 후두두둑 떨어지는 우박
지상 곳곳엔 낙하산처럼 우산이 펴진다

이 잠시의 반란과 소요는 누가 평정하는가
하늘 가득 조명탄처럼 다시 태양은 빛나고
떨어져 누운 연두벌레들의 주검 위론
흑설탕 묻은 듯 까맣게
개미의 사단(師團)이 달라붙어 있다.

어디서 여름을 났나˙

– 환절기의 오후

공원 수돗가에 가 보면 알지
실성한 사내와 실성한 여자가
한 수도꼭지에 두 입을 대고
엄마젖을 빠는 아기처럼
눈 지그시 감은 채…

야윈 그들 어깨 위로
햇살이 모포를 덮씌울 때
여름은 끝났다
어느덧 가을.

˙ 조은 시인 시 제목「어디서 겨울을 났나」차용.

여름은 끝났다

그럴까?
울지 않으면 보이지 않기 때문에
매미는 우는 것일까?◆

과연 내게는
그런 기억이 남아 있다
매미 울음소리를 향해
포충망을 날리던 기억

나는 지금 누구 곁에 붙어
울고 있는가
누구 나를 향해
포충망을 날려다오

가을이 그리워서 우는 나는
그 어떤 그리움의 벌레이기에…

이 여름, 나는 가을을 향해
성긴 포충망을 날린다

여름은 끝났다, 매미는 가라!

◆ 안도현 시인 시 「사랑」 중 "울지 않으면 보이지 않기 때문에 매미는 우는 것"에서 인용.

개구리가 왕자로 보이는 아이에게

~~ 아저씨, 저는요, 「개구리 왕자님」이란 동화를 읽고
난 뒤로 개구리가 그냥 개구리로만은 안 보였어요. 멋진
왕자님으로 보이기 시작했어요. ~~

개구리가 왕자로는 안 보이고

단지 개구리로만 보이면서부터

내 삶은 비바람 불고

안개 짙어만 갔다

알약을 물 없이도 삼키게 됐고

고드름을 보면

얼음과자가 아닌

칼이나 창이 먼저 떠올랐다

미안해, 라고 말하기 미안할 만큼

미안해해야 할 일들을 하염없이 저질렀다

3년, 아니 단 하루만이라도

과거로 되돌아갔으면,

가서는 지우개로 지우고 왔으면,

파렴치하게도 자주 그런

몰염치한 공상을 하곤 했다
아, 나는 너무도 일찍
부끄러움과 작별해 있었다
개구리와 내 안의 아이
동화와 아득히 결별해 있었다

개구리가 왕자로 보이는 아이야
너로부터 나는
얼마나 멀리멀리 떠나온 걸까
얼마나 까마득히 멀어져 온 걸까
타임머신 따위
이제 다시는 꿈꾸지 않으리라
살아온 날들, 참회하고 각성하며
살아갈 날들, 지금 이 순간에 충실하며
부끄럽지 않게 세상을
스스로를 사랑하며 살아가리라
아이야, 개구리가 왕자로 보인다는
너야말로 공주인
맑은 아이야!

한때 나는

나는 지붕을 가진 적이 있다
지붕 달린 자전거를 가진 적이 있다*

나는 유리창을 가진 적이 있다
유리창 달린 자전거를 가진 적이 있다*

바람에 지붕이 날아가 버린 내 자전거
햇살에 유리창이 깨어져 버린 내 자전거

나는 바람을 가진 적이 있다
나는 햇살을 가진 적이 있다.

◆ 심창만 시인 시 「봄을 지나다」 중 "내 자전거에는 지붕이 없고 유리창이 없다" 패러디.